Robert Kaan

33 Liebesbriefe an meine Frau

Robert Kaan ist das Pseudonym eines Autors, der in der Eifel lebt. »33 Liebesbriefe an meine Frau« ist sein erstes Buch.

Robert Kaan

33 Liebesbriefe an meine Frau

Impressum
© 2024 Robert Kaan
Layout, Satz & Umschlaggestaltung:
Buch&media GmbH, München
Verlag: BoD · Books on Demand GmbH,
In de Tarpen 42, 22848 Norderstedt
Druck: Libri Plureos GmbH, Friedensallee 273,
22763 Hamburg
Printed in Germany

ISBN: 978-3-7693-1176-1

Über diese Briefe

In Zeiten von SMS, E-Mail, WhatsApp & Co. drohen handgeschriebene Liebesbriefe in Vergessenheit zu geraten. – Dabei waren und sind sie doch unsere intimste Form der Kommunikation. Ganz persönliche Dinge in einem Brief niederzuschreiben, bedeutet ja auch, ein wenig seine Deckung fallen zu lassen und sich angreifbar zu machen.

Manchmal erscheint es heute so, als ob im Alltag Härte und Rücksichtslosigkeit mehr zählen als Liebe und Gefühl, und dass die allgemeine Stimmung immer zerstörerisch pessimistischer wird.

Der Verfasser der »33 Liebesbriefe an meine Frau«, ein unbeirrbarer Optimist und Romantiker, hat sich deshalb – natürlich mit dem Einverständnis seiner geliebten Frau – entschlossen, mit dieser Veröffentlichung dem etwas entgegenzusetzen.

Die Briefe, allesamt im Original von Hand mit Tinte auf wertvollem Papier geschrieben, sind nach dem Rückzug des Verfassers aus dem Berufsleben in zeitlich unregelmäßigen Abständen entstanden, immer spontan ... und natürlich ohne KI.

1

Meine liebe Christine,

dir einen Brief zu schreiben, das habe ich leider schon ziemlich lange nicht mehr gemacht.

Eigentlich schade und beinahe unerklärlich, du verzeihst es mir hoffentlich.

Nach all den Jahren mit viel zu wenig Zeit füreinander erwache ich nun seit einigen Wochen morgens mit dem Gedanken, welch glücklicher Mann ich doch bin.

Ich spüre dich neben mir, du schläfst und vielleicht versuchst du, deinen Traum noch festzuhalten. – Wenig später, wenn wir uns dann an jedem Morgen zum ersten Mal mit einem Lächeln anschauen, ist sie wieder da, immer wieder, diese Mischung aus Neugierde und grenzenloser Verheißung, die auch zu Beginn einer Liebe in der Luft liegt.

In diesen Momenten ist mein größter Wunsch, dass es uns beschieden ist, den Rest des Weges gemeinsam zu gehen, ein Leben voll zugewandter, zärtlicher Momente.

8

Was immer das Schicksal noch mit uns vorhat, wenn wir zusammenrücken und uns einander wärmen und festhalten, brauchen wir uns auch vor frostigen Wintermorgen nicht zu fürchten.

Liebe ist alles – ich wollte nicht leben ohne dich – ich liebe dich!

Dein Robert

2

Liebe Christine,

dem letzten Ferienabend wohnt oft ein besonderer Zauber inne. In meinen Träumen stelle ich mir vor, mit dir noch einmal einen solchen unbeschwerten, glücklichen Abend zu verbringen.

Die Alltagssorgen sind für ein paar Stunden (noch) fern, und wir betreten nach einem Bummel durch den Ort ein kleines Fischrestaurant ganz in der Nähe des Hafens. Im Eingangsbereich stehen auf einer Theke große, flache Körbe, die mit feuchtem Tang ausgelegt sind, darüber mit einer Schicht Eis bedeckt. Darauf liegen köstlich frische Austern, Bélons und Marennes. – Der Wirt kommt, sagt: »Die Bélons sind heute besser« und begleitet uns zu unserem Tisch mit Blick auf das quirlige Geschehen im Hafen.

Wir bestellen nach dem Aperitif zuerst die Austern, Bélons natürlich, und dann Langusten, dazu köstlichen Loirewein.

Danach sitzen wir noch eine Zeit lang zusammen und ich versuche, dich zum Lachen zu bringen.

Ich mag es gerne, wenn du lachst oder mich lächelnd anschaust. Dann ist für einen Moment alles wie ungeschehen, was mich manchmal betrübt.

Nach den vielen gemeinsamen Jahren macht es mich sehr glücklich, sagen zu können, dass wir uns auch im Herbst unseres Lebens Wärme und Zärtlichkeit bewahrt haben.

Die letzte Nacht verbringen wir in unserem Hotelzimmer, wie in Frankreich üblich, unter der gemeinsamen Decke – eng umschlungen, wie vor 50 Jahren.

Douce France.

In Liebe

Dein Robby

3

Geliebte Christine,

kaum bist du nicht bei mir, habe ich das Verlangen,
dir etwas zu schreiben.

Verzeih mir, wenn ich von vergangenen Zeiten er-
zähle, aber es ist mir wichtig.

Als wir uns zum ersten Mal sahen, im Frühjahr 1968,
war ich ein armes Würstchen, angeschossen, und in
mein armseliges, kleines Leben trat ein wunderschönes, liebenswertes Mädchen, das mir ihr Lächeln
schenkte und die Liebe zu unseren Pferden mit mir
teilte.

Ich spürte, sie könnte meine Seele retten, und ich
hätte mein Leben für sie gegeben.

Das hat sich bis heute nicht geändert.

Du hast mich gerettet, hast mir Trost und Zuversicht
gegeben ... und ich weine, während ich diese Zeilen
schreibe.

Ohne dich und deine wahre Liebe wäre ich ganz sicher
vor die Hunde gegangen – oder in falsche Hände geraten und unrettbar verloren gewesen.

Keiner kann das wissen und schätzen wie ich.

Dass wir uns lieben und vertrauen können über all
die Jahre, ist absolut unschätzbar und durch nichts zu
ersetzen.

Ich liebe dich!

Dein Robby

4

Geliebte,

erinnerst du dich noch, wie alles begonnen hat?

Der erste Blick, das erste miteinander gesprochene Wort ... – Die gegenseitige Unsicherheit, die Selbstzweifel, das Sichherantasten, immer genau darauf achtend, bloß nichts falsch zu machen.

Ein Lächeln, das Zuneigung versprach, die erste gemeinsam verbrachte Zeit, ohne Dritte.

Wir kannten uns kaum selbst und wagten den Versuch, den anderen zu verstehen. – So lernten wir uns lieben.

Niemals, niemals dürfen wir das vergessen.

Immer müssen wir wachsam bleiben, dass nicht auch uns der Alltag unterkriegt.

Im Selbstverständlichen, im Trott, im Schweigen, im keine Pläne mehr machen, keine Träume mehr haben, darin liegt die Gefahr.

Es ist wahrscheinlich unmöglich, den berühmten Zauber, der zu Beginn einer Liebe in der Luft liegt, durch die Zeit zu tragen, aber wenn gegenseitige Achtsamkeit und achtungsvolles Verhalten zueinander dazu beitragen, eine zarte Nähe zu bewahren, dann ist nichts verloren.

Im Gegenteil: Einander lieben, gemeinsam lachen und gemeinsam weinen ... das ist es!

Danke für deine immerwährende, großzügige Liebe.

Dein Robby

5

Liebe Christine,

als wir heute nach längerer Zeit wieder einmal unser kleines Nachbarland besucht haben und in der schönen Stadt am Fluss auf dem großen Marktplatz in der Sonne saßen, bemerkte ich, wie wohl du dich dort fühltest und wie glücklich du warst.

Ich gebe zu, dass ich in diesem Moment spontan wie selbstverständlich davon ausgegangen bin, dass ich der Grund für dein Glücksgefühl war.

Aber dann habe ich mich gefragt, woher ich eigentlich diese überhebliche Sicherheit nehme. Mir ist in letzter Zeit nämlich aufgefallen, dass ich – bei kritischer Rückschau – alles etwas für zu selbstverständlich halte und unsere Nähe mir nahezu alltäglich erscheint.

Vielleicht ist es an der Zeit, das Vertraute mit neuen Augen anzuschauen und mich selbstkritisch zu fragen, ob mein beginnendes Missverstehen von Nebensäch-

lichkeiten mich dazu berechtigt, einen gereizten Ton-
fall anzuschlagen, der durchaus das Zeug zu einem
Streit hätte, wenn du nicht so wärst, wie du bist.

Bitte, verzeih!

Mir ist vor vielen Jahren das Glück begegnet, und ich
werde niemals zulassen, dass unsere Liebe alltäglich
wird.

In Liebe

Robby

6

Meine geliebte Christine,

»Immer, wenn ich dich sehe, hüpft mein Herz vor Freude«, hast du mir einmal vor längerer Zeit gesagt.

Als wir uns heute auf unserer Heimstrecke begegneten, du auf dem Weg in die Stadt, ich auf dem Nachhauseweg, fiel mir dieser Satz wieder ein, weil ich genau das in diesem Moment ebenso empfand.

Mit der traurigen Erkenntnis und dem Wissen, dass nichts für immer bleibt, ist es umso beglückender und beruhigend zugleich, dich fest an meiner Seite zu wissen und zu spüren, dass du nach so vielen Jahren das ebenso empfindest.

Dazu bedarf es nicht vieler Worte, ich weiß, aber … hin und wieder vielleicht doch.

So wie jetzt.

Und immer noch schreibe ich dir so etwas mit Herz-
klopfen, weil keiner weiß, was das Morgen bringt.

Deshalb lass uns heute leben!

Ich liebe dich

Dein Robby

7

Geliebte Christine,

als ich heute Morgen aufwachte und dich im weichen Licht des frühen Tages erblickte, wusste ich, dass ich nicht geträumt hatte.

Du lagst noch ganz dicht bei mir, und ich konnte deine Haut spüren, die so unfassbar weich ist, und die ich so gerne sanft berühre.

Ich liebe es sehr, wenn ich spüre, dass du mir ganz nah sein willst, so nah wie zwei Menschen sich sein können.

Ich liebe es, wenn es so ist, dass wir in diesen Momenten alles vergessen können, was uns sonst manchmal bewegt oder traurig macht.

Deine leidenschaftliche Kraft lässt mich dann alle schlechten Erinnerungen und Ängste für kurze Zeit vergessen.

In Liebe

Dein Robby

8

Geliebte,

fünfundfünfzigeinhalb Jahre …

Danke! – Du bist mein Leben und mein Glück. Seit
nun schon so langer Zeit schenkst du mir deine wunderschöne Seele und erträgst gelassen meine Eigenwil-
ligkeiten, die mich manchmal selbst quälen.

Ohne deinen Rat wäre ich schon oft verloren gewesen,
aber du hast ihn mir nie aufgedrängt … und das ist –
wie wir wissen – alles andere als selbstverständlich.

Das Wichtigste aber ist unsere Liebe, unsere Vertraut-
heit, die Art, wie wir miteinander umgehen, unser nahezu blindes Verstehen.

Manchmal glaube ich, du bist mein besseres Ich, denn
im Gegensatz zu dir habe ich ein paar Narben der Ver-
gangenheit auf meiner Seele,

mit denen ich leben muss, ohne es vergessen zu können.

Hin und wieder denke ich, dass ich dich mehr gar
nicht lieben kann, wie ich es sowieso schon tue, aber
es stimmt nicht.

Ich liebe dich ... immer mehr!

Dein Geliebter

9

Geliebte Christine,

seit wir vor einiger Zeit gemeinsam in unseren Erinnerungen gegraben haben und über die ersten vorsichtigen Schritte aufeinander zu sprachen, geht mir der Moment nicht aus dem Kopf, als wir den Moped-Beifahrerwechsel verabredet haben.

Ich weiß bis heute nicht, woher ich den Mut genommen habe, das vorzuschlagen, denn es war nicht nur eine Frechheit den beiden anderen gegenüber, sondern auch ein nicht unerhebliches Risiko. – Denn hättest du »nein« gesagt, wäre unser Leben mit ziemlicher Sicherheit anders verlaufen.

Ich hätte mich bestimmt kein zweites Mal getraut, dir einen solchen Vorschlag zu machen ... und außerdem wäre ich beleidigt gewesen.

Aber du hast »ja« gesagt, und ein solch schönes Ja hatte

ich noch nie im Leben gehört. Es sollte nicht das letzte Ja bleiben, zum Glück, aber es war das Wichtigste.

So fuhren wir damals gemeinsam zurück, die anderen überrumpelt, wir selbst ein wenig überrascht, aber ohne schlechtes Gewissen, und auf so einem Moped stellt sich schnell ein Gemeinschaftsgefühl ein. Einander festhalten, gemeinsam in die Kurve gehen, hautnah beieinander sitzen, so etwas verbindet spontan mehr als viele Worte (außerdem hatte ich das schnellere Moped).

Der erste Schritt war getan, du gerade fünfzehn und ich kaum sechzehn Jahre alt.

Leider ist nicht alles gut, was auf der Welt und im Leben geschieht, aber das mit uns, das hätte nicht besser sein können.
   Dass wir heute hier stehen, das ist vor allen Dingen dein Verdienst

... denn du hast »ja« gesagt.

Danke!

In Liebe Robby

10

Geliebte Christine,

wir hatten in unserem Leben das Glück, nie getrennt zu sein, zumindest nicht länger getrennt zu sein.

Was wir Glück nennen, bezeichnen manch andere als Nachteil, weil sie meinen, erst bei einer vorübergehenden Trennung zu spüren, ob sie ihren Partner vermissen und ihn dadurch umso mehr lieben.

Das mag sein, aber mir reichen schon zwei Stunden deiner Abwesenheit, um dich zu vermissen und über uns nachzudenken.

Warum ist eigentlich keiner von uns beiden eifersüchtig? Wir sind uns doch schließlich nicht egal?! – Ich glaube, das hat auch damit zu tun, dass wir nie Zweifel an unserer gegenseitigen Treue haben entstehen lassen, dieser Stecknadel im Heuhaufen.

Nur so kann Vertrauen zueinander wachsen, und Vertrauen ist ja bekanntlich durch nichts zu ersetzen ...

Wir brauchen die App »wo ist?« nicht, um uns zu kontrollieren (eigentlich brauchen wir sie überhaupt nicht!), und trotzdem schaue ich gerade darauf.

Aber nicht, um festzustellen, wo du gerade bist, denn das weiß ich ja, sondern um zu sehen, ob du schon auf dem Rückweg bist, weil ich dich vermisse, deine Nähe, deinen unverzichtbaren Rat, deine Zärtlichkeit und deine Leidenschaft.

Das Wort »klammern« hat nicht ganz zu Unrecht einen negativen Beigeschmack, und ich hoffe sehr, dass du das nie bei mir so empfunden hast, aber »umklammern« im Sinne von umarmen – im besten und positivsten Sinne – damit könnte ich gut leben.

In Liebe

Dein Robby

11

Geliebte Christine,

hin und wieder, eigentlich ganz selten, habe ich mich in unserem Leben gefragt, ob unser Liebesglück auch etwas damit zu tun hat, dass unsere täglich gemeinsam verbrachte Zeit immer nur recht kurz war, und die davon ungestörte Zeit noch kürzer.

Immerhin, meinte ich, dann hatten wir ja eigentlich gar keine Zeit für Zwistigkeiten.

Nun sind fünf Jahre vergangen, seitdem wir uns beruflich zurückgezogen haben und nahezu ununterbrochen zusammen sind, und ich muss sagen: Ich habe mich damals geirrt.

Kein Streit, keine Langeweile, kein Alltagstrott.

So schön wie jetzt war es noch nie ...
Vielleicht unsere beste Zeit!?

Leider neigen wir Menschen – oftmals ohne konkreten Grund – uns vor der Zukunft zu fürchten. Angst ist aber kein guter Ratgeber und Zweifel werden leicht zur Verzweiflung.

Dann ist es gut, dass wir uns haben und gegenseitig das Gefühl von Sicherheit und Geborgenheit geben können.

Manchmal denke ich, bei all dem Glück, das wir hatten, können wir nicht auch noch erwarten, dass uns das Schicksal von Philemon und Baucis beschieden sein wird. – Aber gerade deswegen sollten wir uns versprechen, dass, wer auch immer von uns am Ende seines Weges steht, der andere sollte ihn, wenn alles Kämpfen nichts mehr hilft, loslassen und als letzten Liebesbeweis gehen lassen ... so schwer es fallen mag.

Ich liebe dich!

Dein Robby

12

Geliebte Christine,

es gibt Dinge, die sich kaum erklären lassen.

So finde ich es immer wieder erstaunlich, dass es etwas zu geben scheint, was sich verdoppelt, wenn man es teilt.

Einem Mathematiker darfst du damit nicht kommen, aber wenn zum Beispiel zwei Menschen die gleiche Leidenschaft verbindet und sie sie teilen, dann verstärkt oder verdoppelt sie sich sogar.

Das kann beruflich sein ebenso wie auf Gefühlsebene in einer Partnerschaft.

Eine leidenschaftliche Umarmung oder ein leidenschaftlicher Kuss werden erst dadurch verdoppelt, indem sie erwidert oder eben geteilt werden.

Vielleicht ist das eines der Geheimnisse langwährender Liebe.

Wie beglückend und schön ist es, dass wir das Gefühl haben dürfen, dass dieses Feuer nicht erloschen ist!

Es gibt sie immer noch, diese Momente, wo uns nichts trennt, und wir uns so nah sind, dass wir nur noch uns spüren.

Und wenn mich jemand fragte, was ist Christine für dich, dann würde ich sagen: »Die Antwort ist leicht: Sie ist meine Gefährtin, meine Freundin, meine Frau ... und meine Geliebte!«

Du bist das Glück meines Lebens!

Ich liebe dich

Dein Robby

13

Meine geliebte Christine,

so wie jetzt habe ich von Zeit zu Zeit immer wieder
den Wunsch, dir einen Liebesbrief zu schreiben, weil
es mir leichter fällt, etwas zu Papier zu bringen, als es
auszusprechen.

Mir fielen im richtigen Moment einfach nicht die
passenden Worte ein.

Der Brief ist für mich die persönlichste und intimste
Form der Kommunikation. Wie du weißt, gibt es immer zuerst einen Entwurf, ehe ich die fertige Version
mit Füller auf teurem Papier niederschreibe.

Tatsächlich ist es mir jedes Mal eine Freude, wenn
nach Grübeln, langem Ringen um die richtigen Worte und immer wieder Zweifeln zum Schluss alles klar
und wahr wird.

Handgeschriebene Liebesbriefe sind heute wohl ziemlich unmodern geworden, und vielleicht passen sie
deshalb so gut zu mir. Wenn sie auch

dir ein bisschen Freude bereiten und dich ein wenig glücklich machen, reicht mir das. – Und das hoffe ich sehr, denn dank dir kann ich sagen, dass ich ein glücklicher Mann bin.

Dank dir bin ich so von Liebe erfüllt, dass ich mich vor nichts dauerhaft fürchte. Ahnst du, wie unersetzlich deine Liebe für mich ist?

Bis heute raubst du mir den Atem, mit jedem Blick, jedem Lächeln, jedem Wort.

Bitte höre nie auf damit.

In Liebe

Dein Robby

14

Liebe Christine,

beim Schreiben dieses Briefes spüre ich, wie mich eine seltsam melancholische Stimmung erfasst.

Seit nahezu 56 Jahren sind wir jetzt zusammen, und heute auf den Tag seit 48 Jahren verheiratet.

Das Glück, sich seit so langer Zeit noch nah zu sein, hat die Kehrseite, dass ich alt geworden bin, alt und grau. – Und dazu gehört unvermeidlich auch das eine oder andere kleine Wehwehchen, das uns tief im Inneren die heraufziehende Herbstkälte spüren lässt.

Auch der immer häufigere Verlust von alten Weggefährten in den letzten Jahren trägt zu meiner augenblicklichen Gemütsstimmung bei. Und natürlich fällt mir dann noch die eine oder andere meiner Sünden ein ...

Was ist mit den wunderbaren Reisen passiert, den Orten, die wir gemeinsam besuchen wollten?

Gut, einiges davon haben wir gemacht, aber vieles auch nicht. – Warum eigentlich? Ich weiß es manchmal selbst nicht.

Aber was hilft schon Trübsal blasen?

Lieber blicke ich mit einem Lächeln und großer Dankbarkeit auf unsere gemeinsamen Jahre zurück, wie viel Glück wir hatten (und immer noch haben!), und mit diesen Gedanken und dem Lächeln auf den Lippen geht es mir sofort besser.

Danke für deine großzügige Liebe und danke für all die wunderbaren Momente!

Dein

Robby

15

Geliebte Christine,

obwohl wir ahnten, dass dieser Sturm, dieser Lebenssturm irgendwann einmal kommen würde, trifft er uns inmitten unserer kleinen, unbedeutenden Alltagssorgen jetzt so plötzlich wie ein aus dem Nichts aufziehendes Gewitter.

Wir dürfen aber so lange wie möglich nicht den Glauben verlieren, dass ärztliche Kunst heute Dinge möglich macht, an die vor über 40 Jahren nicht zu denken war.

Wir können also noch hoffen, und das sollten wir auch! Und nicht zulassen, dass die Ängste immer näher kommen und sich in der Seele festkrallen.

Den Glauben und die Hoffnung dürfen wir also nicht verlieren, und ich denke, dabei kann uns unsere gegenseitige Liebe helfen, denn von Glaube, Hoffnung

und Liebe ist die Liebe bekanntlich die größte unter
ihnen.

Ich weiß, was dein Bruder dir bedeutet.

Lass mich in Liebe an deiner Seite sein.

Ich halte dich fest!

Dein Robby

16

Geliebte Christine,

nun ist das eingetreten, was nicht passieren durfte. Nach deinem geliebten Vater, dessen Tod du vor fast 43 Jahren nur sehr schwer überwinden konntest, geschieht das Gleiche in ähnlicher Form wie damals jetzt mit deinem ebenso geliebten Bruder.

Mir gehen in meinen Briefen normalerweise nicht so schnell die Worte aus, aber ...

Es ist, als wenn alles in Schieflage, wie aus dem Gleichgewicht geraten wäre. Der Tisch vor mir scheint nicht mehr gerade zu stehen, das Geschirr droht auf den Boden zu fallen und zu zerbrechen.

Wenn ein solch wichtiger Mensch wie dein Bruder nach so vielen Jahren plötzlich nicht mehr da ist, egal, ob er frozzelt oder gute Ratschläge gibt – und das unabänderlich für immer – dann ist das brutal hart und eigentlich auch heute, nach genau zwei Wochen, immer noch unfassbar für mich.

Ich spüre deine Traurigkeit und weiß nicht, wie ich dich trösten kann, ohne selbst in Tränen auszubrechen, so groß ist meine eigene Traurigkeit.

Es hilft nichts, wir werden versuchen müssen, uns damit abzufinden, dass jeder früher oder später den letzten Schritt seines Weges alleine gehen muss.

Wir, die übrig bleiben, müssen lernen, damit weiterzuleben ... so schwer das sein mag.

Ich bin auf meine Art ganz bei dir, auch wenn ich es manchmal nicht so zeigen kann, wie ich möchte.

Bitte bleib auch du bei mir, denn alleine schaffe ich das nicht.

In immerwährender Liebe

Dein Robby

17

Geliebte Christine,

die Gedanken an deinen Bruder sind allgegenwärtig, nicht nur bei dir, sondern natürlich auch bei mir.

Für mich als gläubiger Christ (und nach dem Nahtod-Radiobeitrag vom vergangenen Sonntag umso mehr) ist die Vorstellung schön und die Hoffnung groß, dass wir beim Sterben durch ein großes, helles Tor gehen werden.

Dahinter stelle ich mir den Himmel vor, und bei dem Gedanken, dass die Seele deines Bruders nun dort ist, finde ich es, bei aller Traurigkeit und Unfassbarkeit über die sich immer mehr überschlagenden Ereignisse vor vier Wochen, auch ein wenig tröstend.

Ebenso tröstlich ist die Vorstellung und Hoffnung, dass alle, die wir geschätzt, gemocht oder gar geliebt haben, uns aber schon vorausgegangen sind, dort sein werden ohne Angst, Neid und in Frieden.

Ich wünsche mir nichts mehr, als dass auch du dir so etwas zumindest vorstellen könntest, denn es hilft!

Mir ist vor dem Sterben nicht bange. Wohlgemerkt: Möglichst noch nicht so bald, denn dafür liebe ich dich viel zu sehr.

Aber wenn es einmal soweit ist, und wir nach einem ganzen Leben mit Höhen und Tiefen, aber immer in gegenseitiger Liebe verbunden, durch dieses große, helle Tor gehen werden, dann gefällt mir die Vorstellung, dass wir uns wiedersehen werden, ungemein.

Bis dahin müssen wir versuchen, nach vorne zu schauen, zusammenzustehen, jede Herausforderung anzunehmen und das Beste daraus zu machen.

Wir schaffen das!

Ich liebe dich

Dein Robby

18

Geliebte Christine,

als ich heute Morgen noch einmal auf unserer Terrasse war, um vielleicht dann doch noch eine plausible Erklärung für das unfassbare Verhalten des kleinen Spatzes vor einigen Tagen zu finden, fiel mein Blick zufällig auf unseren alten Hausnamen, lange bevor wir für immer hierher gezogen sind.

Unser Zufluchtsort, das sollte es sein. – Obwohl wir viel zu selten damals hier waren, ist es ein großes Glück, dass wir nie der Versuchung erlegen sind, das kleine, ursprüngliche Haus auf dem großen Grundstück in andere Hände zu geben.

Unser Versteck, unser erstes Liebesnest, das war es ja schon sehr viel früher ...

Wenn ich daran zurückdenke, dann war das eine wunderschöne Zeit, aber aus der Rückschau muss ich heute auch sagen: Wir hatten Nerven wie Drahtseile!

Doch viel stärker in meinen Erinnerungen aus dieser

Zeit ist das unbeschreibliche Gefühl geblieben, von einem anderen Menschen bedingungslos und um meiner selbst geliebt zu werden.

Das kannte ich bis dahin nicht.

Ich glaube, das konnte ich damals dir gegenüber auch gar nicht richtig zum Ausdruck bringen, deshalb möchte ich es heute nachholen.

Ich war durch dich so erfüllt von zärtlicher Liebe, dass alles, was mich zuvor in tiefe Selbstzweifel gestürzt hätte, an mir abprallte, als trüge ich eine unsichtbare Rüstung.

Und war die Schlacht verloren, halfst du mir, neuen Mut zu finden, und schon bei kleinen Erfolgen sah ich dir an, wie glücklich und wie stolz du auf mich warst.

Das alles hatte ich vorher nie erfahren.

Ich werde nie aufhören, dich zu lieben!

Dein Robby

19

Geliebte Christine,

es mag sein, dass der letztlich doch sehr unerwartete Einschlag direkt neben uns mein Seelenleben durcheinander gebracht hat, denn anders ist es kaum zu erklären, wieso ich seit einigen Nächten träume, dich zu verlieren, und darüber so langsam aufwache, dass ich den Traum noch eine Zeitlang für die Realität halte.

Die Hilflosigkeit, im eigenen Traum gefangen zu sein, ist mir leider nicht unbekannt, aber die minutenlange, panikähnliche Angst, nachdem ich vollends erwacht bin, das kannte ich bisher nicht.

Natürlich ist danach die Erleichterung groß, und die manchmal fast verschüttete Erkenntnis, dass es nicht mehr viele wirklich wichtige Dinge im Leben gäbe, wenn ich den Menschen, den ich am meisten liebe, plötzlich verlieren würde, ist vielleicht auch heilsam.

Das Gefühl allein, wirklich allein zu sein, kenne ich

nicht mehr, seit du dich durch einen Zufall wie ein Schmetterling in mein Leben verflogen hast.

Aber was heißt schon Zufall?

Du weißt, dass ich ein gläubiger Mensch bin, und fest davon überzeugt bin, dass alles in unserem Leben einen Sinn hat, auch wenn wir ihn manchmal nicht sofort erkennen.

Das hat mir in schwierigen Momenten oft geholfen.

Wir dürfen nie vergessen, dass das Glück unserer Liebe unser Leben überstrahlt, und das kann kein Zufall gewesen sein.

Dein Robby

20

Liebe Christine,

da war er wieder, der Moment gestern, als wir den romantischen Liebesfilm sahen, und in einer Szene der Vater seinen Sohn in den Arm nahm und zu ihm »ich bin stolz auf dich« sagte.

Verziehen habe ich es längst und dachte es auch überwunden zu haben, aber scheinbar habe ich es nicht gut genug weggeschlossen, um es zu vergessen.

Nie habe ich von meinem Vater »ich hab dich lieb« oder »ich bin stolz auf dich« gehört, und sein Credo »nicht geschimpft ist Lob genug« ist geradezu legendär.

Vaterliebe habe ich leider nicht erfahren, und wenn, dann von anderen väterlichen Menschen, die mir offenbar noch gerade rechtzeitig begegnet sind.

Wenn mir diese alte Geschichte einfällt, dann ist das wie ein Stich ins Herz, aber als jemand, der versucht, auch immer etwas Positives in allem zu finden, kommt mir dann tatsächlich der Gedanke, ob ich ohne diese weniger schöne Erfahrung nicht ein anderer Mensch geworden wäre.

Hätte ich deine unverbrüchliche Liebe überhaupt so erkennen können und schätzen gelernt? Wäre mein Harmoniebedürfnis nur annähernd so ausgeprägt und damit so wunderbar passend zu deinem?
Ziemlich viele Konjunktive, finde ich ...

Eigentlich schreibe ich dir das alles heute nur, weil ich dir noch einmal sagen möchte, welch glücklicher Mensch ich bin.

Wenn du bei mir bist, zählt nichts anderes, gar nichts mehr, und nichts tut mehr weh.

Ich liebe dich!

Dein Robby

21

Geliebte Christine,

auf der Rückfahrt von meiner Sonntagsrunde erklang heute im Radio unvermittelt

»Moon River«, das legendäre Lied aus »Frühstück bei Tiffany« mit Audrey Hepburn von 1962.

Du weißt, dass es für mich immer eines der schönsten Liebeslieder geblieben ist, romantisch, melancholisch und mit einer geradezu zärtlichen Melodie.

Es erinnerte mich spontan an die vielen glücklichen Momente, die du und ich schon gemeinsam erlebt haben.

Meistens haben wir sie sofort gespürt, aber manchmal ist es zumindest mir so ergangen, dass ich sie erst mit etwas zeitlichem Abstand, zum Teil sogar erst viel später, erkannt habe.

Das ist schon erstaunlich.

Über das Glück ist schon viel gesagt und geschrieben worden, und ich finde es besonders bemerkenswert, dass es offensichtlich schwerer zu halten als zu erreichen ist.

Klar, am Anfang einer Liebe, wenn der Himmel voller Geigen hängt, ist das Glück so nah und die Bereitschaft dafür so groß, dass Glücklichsein leicht zu sein scheint. Aber später, in den Mühen der Ebene angekommen, sieht das schon ganz anders aus. – Es ist kaum möglich, jeden Tag aufs Neue dem geliebten Menschen Blumen zu streuen oder Kränze zu flechten.

Umso mehr möchte ich dir immer wieder sagen, wie glücklich ich bin, und wie sehr ich weiß, welch eine Frau mir der Himmel geschickt hat.

Danke für deine lebenslange Liebe!

Dein Robby

22

Geliebte Christine,

als wir gestern über unser erstes Zusammentreffen vor vielen Jahren sprachen, wurde mir noch einmal klar, welche Fügungen es im Leben geben muss.

Beim Tanzkurs mit 15 lernst du jemanden kennen, der Turniere reitet, du selbst reitest bereits einige Jahre, er schlägt dir vor, zu seinem Start beim nächsten Turnier zu kommen, und du findest eine Mitfahrgelegenheit dorthin durch ein Mädchen, das mit dir die gleiche Schule besucht, und deren Vater ein Freund unserer Familie ist.

Bis zu diesem Moment spiele ich überhaupt keine Rolle in deinem Leben.

Der Rest ist Geschichte.

Unser erster Blickkontakt auf dem Abreiteplatz hätte durch ein, sagen wir mal »Missverständnis« katastrophaler nicht sein können, du hieltest mich für einen hochnäsigen Schnösel und ich dachte nur, wieso kann das süße Mädchen mit den wunderschönen, langen Haaren nicht lächeln?

Das mit dem Lächeln hat sich beim für mich fast zufälligen 2. Treffen zum Glück erledigt, obwohl ich bis heute nicht ganz sicher bin, ob es tatsächlich mir galt.
Aber es war das schönste Lächeln, das ich je gesehen hatte. – Das ist so geblieben, bis jetzt und für immer, und es erhellt seitdem jeden Morgen meinen Tag ... übrigens auch bei Dunkelheit, denn Lächeln kann ich, wie du weißt, auch an der Stimme erkennen.

Seit einiger Zeit lächeln bei dir sogar noch ein paar Lachfältchen mit, und das finde ich ganz besonders schön!

In lebenslanger Liebe

Dein Robby

PS: Das mit dem hochnäsigen Schnösel konnten wir auch klären.

23

Meine Geliebte,

in Liebe neben dir einzuschlafen genieße ich jeden Abend immer wieder sehr.

Aber gemeinsam wach zu sein und uns dann zu lieben, dich zu küssen, den Duft deiner Haut einzuatmen und dich zu berühren, unendlich weich und sanft deine Hingabe und Erregung zu spüren und zu sehen, ist natürlich noch viel schöner.

Zärtlich zu dir sein, alles vergessen können und nur diesen Moment, wo wir nicht zwei, sondern eins sind, einfach genießen. Und dann auch einmal völlig losgelöst dem Körper das Regiment zu überlassen ...

Ich empfinde es als großes Glück, dass wir uns diese Momente nach all den Jahren erhalten haben, und dass es auf wunderbare Weise so reizvoll und aufregend geblieben ist wie beim allerersten Mal.

Ich weiß, dass du daran den entscheidenden Anteil
hast.

Danke!

In Liebe

Dein Robby

24

Geliebte Christine,

seit wir uns kennen, kann ich mich nicht daran erinnern, dass einer von uns je mit einem anderen getanzt hat.

Natürlich könnte man sagen »es ist doch nichts dabei«, und wir haben uns auch nie versprochen, es nicht zu tun, aber unausgesprochen waren wir offensichtlich einig, nur miteinander zu tanzen.

Um der Wahrheit die Ehre zu geben: Wir beide waren ja nie die ganz großen Tänzer, aber schöne Musik und zum Beispiel »Dirty Dancing« oder

»Lord of the Dance« finden wir bis heute faszinierend schön.

Wenn ich darüber nachdenke, lag das bei mir nicht nur daran, dass ich mich bei meinem Tanzkurs ziemlich ungeschickt angestellt habe und außerdem zu oft absagen musste, sondern auch instinktiv gespürt habe, dass beim Tanzen fast zwangsläufig eine gewisse Inti-

mität entstehen kann. – Ich bedauere es deshalb auch
überhaupt nicht und kann es mir heute gar nicht mehr
vorstellen, mit einer anderen Frau zu tanzen.

Allerdings kann ich mir sehr wohl vorstellen, wie ich
mich fühlen würde, wenn du lächelnd mit einem gut-
aussehenden, anderen Mann tanzend an mir vorbei-
schweben würdest, insbesondere dann, wenn ich den
Eindruck gewinnen müsste, dass ihr euch blendend
unterhaltet und eine gewisse erotische Grundstim-
mung für mich erkennbar wäre.
    Hörst du da etwa ein wenig Eifersucht heraus?

Sehr fein beobachtet, aber ... ich habe ja glücklicherweise überhaupt keinen Anlass dafür!

Mein Gott, geht es mir gut!!

Ich liebe dich!

Dein Robby

25

Geliebte Christine,

mir ist gerade wieder einmal danach, dir einen Brief zu schreiben, weil ich so meine Gedanken am besten zum Ausdruck bringen kann.

Wann immer ich daran denke, empfinde ich es als unvergleichlich schönes Gefühl, mit dir einen anderen Menschen lieben zu dürfen, und jedes Wort, jede Regung von dir ebenso.

Fast immer sind wir eins, aber selbst in Momenten, wo wir unterschiedlich denken, finden wir schnell wieder zusammen, völlig undenkbar sind Streit oder Zwist.

Manchmal glaube ich, das liegt auch daran, weil wir die Sprache unserer Augen gelernt haben. Es reicht meist ein Blick und jeder weiß, was der andere gerade denkt.

Du kennst mich wie kein Zweiter, alle meine Schwächen und meine kleinen Geheimnisse.

Dir kann ich jederzeit alles anvertrauen.

Bei dir darf ich der Träumer, der Spinner und Romantiker sein, der ich nun mal im Grunde meines Herzens bin.

Und zu guter Letzt sprühen da ja auch immer noch Funken zwischen uns, in jeder Hinsicht, und es gibt eine Zärtlichkeit jenseits des Rauschs der Gefühle, die stärker ist als das Begehren.

Diese Zärtlichkeit ist allgegenwärtig und so federleicht, dass wir sie über all die Zeit für selbstverständlich halten könnten.

Dass es uns gelungen ist, sie zu bewahren und sie zu hüten wie einen Schatz, ist vielleicht der wichtigste Mosaikstein unseres Glücks.

Ich küsse dich!

Dein Robby

26

Geliebte Christine,

wann war eigentlich unsere schönste Zeit?

Ich habe mir diese Frage schon oft gestellt, aber bin zu keinem eindeutigen Ergebnis gekommen.

Waren es die ersten Jahre, als aus anfänglicher Verliebtheit unsere wunderbare Liebe wurde, als wir noch unbekümmert und sehr, sehr jung waren? – Eigentlich nicht, schon weil die häufigen unvermeidlichen Trennungen immer sehr schmerzlich waren, und auch das Versteckspiel irgendwann seinen Reiz verlor.

Und danach, als wir gerade frisch verheiratet beide im Berufsleben angekommen waren, beschränkte sich unsere traute Zweisamkeit eigentlich nur auf die Abende, Nächte und Wochenenden. – Immerhin, wir hatten noch nicht die letzte Verantwortung, konnten sorglos sein, glücklich sein ... und waren es auch.

Dann kamen unsere Kinder zur Welt, und es begann eine neue Zeitrechnung, wunderschön und sehr glücklich, aber mit der wachsenden Verantwortung im Beruf und für die Familie stellten sich ebenso unvermeidlich wie selbstverständlich Sorgen ein, die wir bis dahin in dieser Form nicht kannten.

Wir waren mitten im Leben angekommen, mit wenig Zeit für uns, aber wenn es darauf ankam, immer füreinander da. – Nun half uns das blinde Verstehen untereinander, das so weit ging, dass wir meist schon im Voraus ahnten, was der andere denkt und möchte.

Und im Zweifelsfall wussten wir aus der gemeinsamen, lebenslangen Beziehung zu unseren Pferden, dass der Blick in die Augen der Zugang zur Seele ist, wie bei Pferden so bei Menschen. – Dann spätestens bedurfte es keiner Worte mehr.

Dieser Lebensabschnitt war der längste und mühevollste, aber ich denke, wir wollten ihn nicht missen, trotz mancher Misserfolge.

Das alles tat unserer Liebe keinen Abbruch, im Gegenteil, eigentlich wuchsen wir immer noch mehr zusammen.

Und jetzt, nach dem Rückzug aus unserer Firma und der Übertragung unseres Hab und Guts an unsere Kinder, sind wir dort angekommen, wo es einmal begann. Geblieben ist nach über 56 gemeinsamen

Jahren unsere unbeschreiblich schöne Liebe und die segensreiche Erkenntnis, dass Liebe zerbrechlich ist, dass sie jeden Tag neu erkämpft werden will!

Ich denke, genau das tun wir, indem wir immer achtsam und achtungsvoll miteinander umgehen, im Wissen, dass wir beide verwundbar sind (heute würde man wahrscheinlich eher sagen: »dass wir beide unsere roten Linien kennen«).

Vielleicht könnte dies tatsächlich unsere schönste Zeit werden, denn heißt es nicht: »Das Beste kommt zum Schluss«!?

In Liebe

Dein Robert

27

Geliebte Christine,

es ist wohl eine unselige Eigenschaft von vielen Menschen, dass sie im Alltag eher dazu neigen, die negativen Dinge zu sehen und sich zum Beispiel darüber beklagen, wie viele Wünsche in ihrem Leben unerfüllt bleiben.

Dabei ist das doch mit den Wünschen so eine Sache, denn es werden ja einer alten Weisheit zufolge mehr Tränen vergossen über erfüllte Wünsche als über nicht erfüllte.

Ich persönlich habe mir ein paar Wünsche bewahrt und träume natürlich manchmal auch, sie würden erfüllt. – Aber mir das auszumalen, macht mich alleine schon glücklich, wahrscheinlich deshalb, weil du fast immer die Hauptrolle spielst.

Einer dieser Träume ist, noch einmal mit dir in dieses ferne Sonnenland zu reisen, wo wir schon glückliche Zeiten erlebt haben.

Ich weiß, dass das nicht so leicht möglich sein wird,

wohl auch, weil mir vielleicht ein Fehler unterlaufen ist, indem ich etwas besser als mein Vater machen wollte.

Aber es gibt immer für alles Lösungen, du musst sie nur suchen und dann ganz fest daran glauben. Na ja, der Plan darf natürlich nicht allzu abenteuerlich sein, und etwas Fortune gehört, wie immer, ebenso dazu.

Ich sehe da einen Weg, der beschritten werden könnte, aber nur, wenn du das genauso möchtest wie ich und ihn gemeinsam mit mir gehst.
Darüber sollten wir gelegentlich einmal sprechen.

Jedoch dürfen wir über alldem nicht vergessen, dass wir glückliche Menschen sind, allein schon deshalb, weil es unser wichtigster Wunsch ist, für den Rest unseres Lebens in Liebe zusammen sein zu wollen!

Ich liebe dich über alles.

Dein Robby

28

Geliebte Christine,

obwohl es glücklicherweise keinerlei Anzeichen dafür gibt, beschleichen mich neuerdings immer noch von Zeit zu Zeit Verlustängste.

Allein die Vorstellung, dich mit deinem Rat, deiner Klugheit und deiner Liebe zu verlieren, macht mich in diesen Momenten hilflos und stürzt mich in eine unerklärliche Traurigkeit.

Eigentlich habe ich immer gedacht, dass ich eine solche Situation aushalten könnte, weil Alleinsein mir keine großen Probleme bereitet, aber die Angst, einsam zu werden, habe ich offensichtlich unterschätzt.

Genau das würde nämlich geschehen, denn ich weiß genau, dass ich nach dir keinen anderen Menschen mehr an mich heranließe.

Und ohne Liebe, ohne körperliche Berührung und ohne Kuss wäre mein Leben komplett anders.

Wobei ich dir zum Thema »Kuss« schon lange einmal sagen wollte, dass dein Guten-Morgen-Kuss und unser nächtlicher Schlaf-gut-Kuss für mich eine wichtige Rolle spielen, viel mehr, als du vielleicht ahnst.

Unseren Kuss auf den Mund, die Lippen sanft berührend, beruhigend und verheißungsvoll zugleich, empfinde ich wie eine tägliche Bestätigung unseres gegenseitig bestehenden absoluten Vertrauens zueinander und wie ein Siegel unserer gegenseitigen Treue.

Du hast mich in all den Jahren so umsorgt, dass ich verdorben bin für alles andere.

Danke für unser wunderschönes Leben voll wahrhaftiger Liebe.

Ich möchte nicht leben ohne dich und sag' dir wieder und wieder:

Ich liebe dich!

Dein Robby

29

Geliebte Christine,

zu einem früheren Zeitpunkt habe ich dir einmal geschrieben, dass ich manchmal das Gefühl habe, dass wir uns so nah sind, als wären wir eins.

Aber ich glaube, so kann man das nicht sagen. Denn eigentlich besteht diese Einheit zwar auf vielen Ebenen, aber natürlich sind wir zwei Menschen geblieben, und ich denke, das ist auch besser so.

Würden wir alles, aber wirklich alles nur gemeinsam machen und absolut gleich denken, ginge uns ganz schnell der Gesprächsstoff aus.

Durch besondere Umstände, aber auch durch intensives Bemühen und Wachsamkeit ist es uns gelungen, über das ganze Spektrum wie Freundschaft, Leidenschaft, Liebe und Partnerschaft eine Beziehung auf Augenhöhe zu erhalten und unser Leben freiwillig zu teilen und gemeinsam zu gestalten.

Nie gab es eine einseitige Abhängigkeit, eher wechsel-
seitig, aber dann positiv im Sinne von

»wir brauchen uns«.

Wäre uns das nicht geglückt, gäbe es unsere Liebe, wie
sie heute immer noch besteht, ganz sicher nicht mehr.
   Die gegenseitige Anziehungskraft wäre irgendwann
unterwegs unweigerlich verloren gegangen, denn letztlich ist sie es auch, die Beziehungen zusammenhält.

Eine sanfte Berührung, ein Hauch von Zärtlichkeit,
einfach nur kuscheln … oder auch mehr.

In Liebe

Dein Robby

30

Geliebte Christine,

es ist schon merkwürdig.

Woran mag es liegen, dass es Tage gibt, wo dir fast alles zu gelingen scheint, wo dir ungewöhnlich viele lächelnde, fremde Menschen begegnen?

Ich weiß es natürlich auch nicht, aber manchmal denke ich, dass es wohl hauptsächlich etwas mit uns selbst zu tun hat.

Wenn du schon morgens mit einer schönen Erinnerung aufwachst, mit einem Lächeln auf den Lippen, oder dein Tag sonstwie gut beginnt, dann kann alles andere wie von selbst laufen, weil du optimistisch gestimmt bist.

Ich glaube, positive Gedanken und gute Laune sind erkennbar und können im besten Fall auf andere ansteckend wirken.

Es kann doch einfach kein Zufall sein, dass dir an

solchen Tagen so viele wildfremde, freundlicheMen-
schen begegnen!?

Natürlich klappt das nicht immer, aber immer, wenn es
passiert, bin ich persönlich überrascht und fasziniert.
Warum erleben wir solche Tage nicht häufiger, warum gelingt es uns nicht, sie bewusst herbeizuführen,
indem wir versuchen, an schöne Erinnerungen oder
Zukunftspläne zu denken?

Aber vielleicht liegt es in der Natur der Menschen,
Angst vor der Zukunft zu haben und die Sorgen im
Alltag zu sehr an sich heranzulassen, und darüber zu-
zulassen, dass der Traum vom Moment der Leichtig-
keit des Seins in Vergessenheit gerät.

Welch ein Glück, dass wir die Chance haben, jeden
Tag so beginnen zu lassen, dass wir mit uns und allem
im Reinen sind.
Ich bin mir dieses Glücks sehr bewusst und weiß,
dass das nur wegen deiner lebenslang erwiderten Liebe möglich war und ist.

Nie werde ich jemand anders lieben können als dich!!

Danke, dass du bei mir bist.

Dein Robby

31

Geliebte Christine,

lass' mich heute noch einmal ein wenig Rückschau halten auf längst vergangene Zeiten.

Bevor wir uns zum ersten Mal sahen, hatte ich schon einige Lektionen fürs Leben gelernt. – Von menschlicher Boshaftigkeit, die mir öfter als mir lieb sein konnte begegnet war, über die Erkenntnis, dass Arroganz und Dummheit nahe beieinander liegen und ziemlich unerträglich sein können, bis zu dem traurigen Gefühl, oft ziemlich einsam in dieser Welt zu sein.

Kurzum, bevor du in mein Leben getreten bist, fühlte ich mich ziemlich vergessen und verloren, mit sehr wenig Selbstwertgefühl.

Zum Glück änderte sich das schlagartig im Mai jenes Jahres!

Heute zu sagen, dass ich damals dafür Dankbarkeit empfunden hätte, wäre wohl eine massive Untertreibung.

Es war viel mehr, eigentlich war es sofort Liebe ... das habe ich sehr schnell und sehr stark gespürt.

Zum Glück hat sie bis heute nie aufgehört, und das ist alles andere als selbstverständlich.

Mehr noch: unsere Liebe beflügelt mich seitdem immerzu, sie gibt mir das Gefühl dafür, was wirklich wichtig ist im Leben.

Allein, es ist nach unserem jahrzehntelangen Zu-zweit-sein ein gelassenes Glück geworden, allerdings ohne dass wir je im Bemühen umeinander nachgelassen haben.

Wir dürfen nie aufhören, um unser Glück und unsere Liebe zu kämpfen, das ist der Schlüssel!

Ich liebe dich

Dein Robby

32

Meine geliebte Christine,

als wir vor einigen Tagen darüber sprachen, wie sehr wir beide empfinden, dass uns die Zeit so schnell vergeht, waren wir uns einig, dass das immer noch besser ist, als wenn wir uns elendig langweilen würden und die Stunden nicht enden wollten.

Trotzdem bleibt es erschreckend, finde ich, denn immerhin läuft da unsere Lebenszeit, und auch unser Lebens-Abreißkalender wird langsam bedenklich dünn.

Wir sollten vielleicht versuchen, die Tage noch bewusster zu erleben und gemeinsam zu genießen, damit uns ein Teil der Zeit nicht so durch die Finger gleitet, sonst ist es irgendwann zu spät.

Dabei gibt es nichts zu beschweren, ich bin glücklich und ich hoffe, dass auch du dieses Glück spürst, das ich empfinde.

Es ist das Glück der Liebe, die wir uns gegenseitig

schenken, das alles überstrahlt und selbst die dun-
kelste Nacht aufhellen kann.

Lass uns heute leben!

Auf die Liebe, auf das Leben –

Dein Robby

33

Meine Geliebte,

56 Jahre, 3 Monate und 16 Tage, eine lange Zeit, vergangen wie im Fluge!

Aber du hast dir all das erhalten, was mich glücklich macht: Deine Klugheit, deine Liebenswürdigkeit, deine Schönheit, dein Lächeln, deinen Blick und deinen Gang, deine Ausstrahlung und dein Temperament mit den feinen Tempowechseln, und natürlich deine Liebe zu mir. Und immer noch empfinde ich sanfte Schauer von Erregung und Zärtlichkeit, wenn ich daran denke.

Deine Haut ist dein anziehendstes Kleid geblieben, und immer wieder, wenn ich dich so sehe, denke ich: Wie schön du bist, viel schöner als in all den Kleidern!

Die Berührungen unserer Haut sind so elektrisierend wie beim allerersten Mal und sind bei aller Leidenschaft immer voll Zärtlichkeit füreinander geblieben.

Dabei fällt mir etwas ein:

Ich meine mich gerade zu erinnern, dass ich neulich einen Traum hatte, in dem mir die berühmte gute Fee erschienen ist und erklärte, dass ich einen Wunsch frei hätte.

Tatsächlich war ich da einen Moment lang versucht, mir zu wünschen, dass ich an einem fernen Tag, wenn ich nun schon mal das Zeitliche segnen muss, es dann ganz nah bei dir in inniger Umarmung geschehen sollte.

Leider bin ich darüber aufgewacht, oder sollte ich besser sagen zum Glück, denn eigentlich möchte ich dir das nicht antun.

Doch den Gedanken fand ich schon schön ...

In Liebe

Dein Robby